Fabeln und Erzählungen

Abraham Gotthelf Kästner

1. Die Coeursieben

Nicht schlaue Füchse, wilde Stiere,

Nicht Menschen allzugleiche Thiere,

Nicht Mährchen, wie *Aesop* erfand,

Sind meines Dichtens Gegenstand;

Die Karten will ich jetzt beleben,

Und ihnen Witz und Denken geben.

Ihr Spötter, eh' ihr den verlacht,

Der todte Karten redend macht,

So lernt, wie das, was ich erfinde,

Sich auf Natur und Wahrheit gründe.

Was macht, daß *Chloris* sinnt und schließt,

Und daß *Silvander* artig ist?

Die Karten müssen sie beleben,

Und ihnen Witz und Denken geben:

Wenn sie nun Andern das verleihn,

So kann es wohl ihr eigen seyn.

In jenen streitbaren Papieren,

Damit die Schönen Kriege führen,

Und Stutzer selbst zu Felde ziehn,

Weicht Alles vor dem schwarzen Sieger;

Stets würgt er zween berühmte Krieger,

Gemeines Volk läßt er entfliehn.

An Farbe gleicher, als an Stärke,

Doch stark zu manchem großen Werke,

Ist ihm der zweyte Kämpfer nah,

Auf dessen Schild, nie ohne Zittern,

Der kühnste von den bunten Rittern

Das schwarze Kreuze blicken sah.

Den dritten Platz hat er im Heere.

Der zweyten Stelle Macht und Ehre

Bleibt nicht stets Einem ganz allein;

Weil zweymal zween gemeine Knechte

Auf diesen Rang mit gleichem Rechte

Sich einer um den andern freun.

Einst ward ein Blatt dazu erhoben,

Das uns als seiner Kühnheit Proben

Sechs Herzen und noch eines zeigt,

Und bey der andern Blätter Neide,

Berauscht von stolzerfüllter Freude,

Nun seinen König übersteigt.

Die Basta selber muß mich ehren!

So ließ es sich voll Hochmuth hören,

Ein einzig Blatt ist über mir.

Die Basta, durch den Stolz verletzet,

Sprach: wenn dein Rang dich so ergetzet,

So glaube doch, ich gönn' ihn dir.

Beständig kann mein Beystand nützen;

Stets wünschet man mich zu besitzen:

Dich macht nur blinder Zufall werth.

So eile, recht dein Glück zu fühlen,

Eh' durch dich in den nächsten Spielen

Verworfner Blätter Zahl sich mehrt.

Der Leser mag es selbst ergründen,

Worauf der Fabel Inhalt zielt.

Er braucht vielleicht, es auszufinden,

Nicht halb den Witz, damit er L'hombre spielt.

2. Die gefüllte wilde Rose

Im Felde, wo noch frey vom künstelnden Bemühen

Die reizende Natur entzückt,

Sah man sich einen Busch in hundert Aesten ziehen,

Von tausend Rosen ausgeschmückt:

Fünf Blätter, welche sich an Farb' und Schönheit gleichen,

Bekrönen jener Blume Haupt;

Doch einer Blume nur ist größrer Schmuck erlaubt,

Daß ihr die andern alle weichen.

Zum Vorzug, der ihr eigen ist,

Kann sie allein, in wiederholten Kreisen,

Da einer stets den andern in sich schließt,

Fünf Blätter jedesmal, doch oft vervielfacht weisen.

Sie fand ein Blumenfreund, er nahm sie mit Vergnügen;

Die andern würdigt er nicht einmal anzusehn:

Wie ist dadurch der Rose Stolz gestiegen!

Wie fing sie an, die Schwestern zu verschmähn!

Doch ihren hohen Sinn zu schwächen,

Hat ihr der, der sie nahm, des Vorzugs Grund erklärt:

»Im Garten würde man unzählig bessre brechen,

Am wilden Rosenstrauch bist du bewundernswerth.«

So wird man oft den Ruhm *gelehrter Schönen* hören,

Mehr das Geschlecht zu schmähn, als die Person zu ehren.

3. Der Gärtner und der Schmetterling

Ach gönne mir das Glück, mein Leben frey zu enden!

So bat ein Schmetterling in seines Fängers Händen,

Noch wenig Tage sind zum Fliegen mir erlaubt,

Was hilft die Grausamkeit, die mir auch diese raubt?

Du weißt, der Blumen Schmuck wird nicht durch mich versehret,

Ein unvermißter Saft ist alles, was mich nähret.

Dein Flehen bringt mich nicht zu unbedachter Huld,

Sagt ihm der Gärtner drauf, stirb jetzt für alte Schuld;

Wollt' ich der Raupe That dem Schmetterling vergeben,

So wird sie hundertfach in deinen Jungen leben.[1]

Auch bey der Bessrung Schein befiehlt des Bösen Tod

Das Uebel, das er that, und mehr noch, das er droht.

Fußnoten

1 Daß die Schmetterlinge Raupen gewesen sind, und Eyer legen, aus denen wieder Raupen auskriechen, ist vielleicht zu Erläuterung dieser Fabel eine nöthige Anmerkung für manche witzige Köpfe, die sich eine Schande daraus machen, sich um solche Kleinigkeiten, wie die Wunder der Insekten sind, zu bekümmern. Eben diese sollen auch wissen, daß die Insekten sich noch stärker vermehren, als die reimreichen und reimlosen Dichter, und auch noch den Vorzug haben, daß sie meistens besser gerathne Kinder sind.

4. Der Seidenwurm und die Spinne

Der Raupen edelste, die Weberinn der Seide,

Spann sich ihr Grab zu eines Fürsten Kleide;

Nicht weit von ihr hing an der schwarzen Wand

Die Künstlerin, die Pallas überwand.

Noch war von ihr nicht ganz der alte Stolz entwichen,

Sie hatte sich Minerven einst verglichen,

So hielt sie unter sich jetzt Raupen weit entfernt:

Wo hast du armer Wurm dein Spinnen wohl gelernt?

Dein Faden ist zu grob, und viel zu derb gewunden.

Bewundre meine Kunst, wie zart sie Fäden zieht;

Die Fliege findet sich gebunden,

Noch eh' sie das Gewebe sieht;

Mit minderm Stoff, als da dein Ey umhüllt,

Wird eine Wand von mir erfüllt;

Zwar du bist blind: mit so viel Kunst zu weben,

Sind von der Götter Huld acht Augen mir gegeben.

Den Vorzug, der dich ziert, hast du mir g'nug erklärt,

Doch wirst du, sprach der Wurm, die Antwort auch vergönnen:

Acht Augen, die nur Mücken kennen,

Sind wenig mehr, als meine Blindheit werth:

Und wenn sich mein Gespinnst auf Throne darf erheben,

So lern' ich wohl von dir nicht Fliegennetze weben.

Abstrakte Logiker, merkt euch den Unterricht,

Euklides lernt von euch des Denkens Regeln nicht.

5. Die Eulen

Einst, da der Thiere Heer den Zevs, wie Menschen, bat,

Und auch manch toll Gebet, so wie die Menschen, that,

Gleich nach der Ziegen Schaar, die bärtig von ihm gingen,

Sah man sich einen Flug von Eulen vor ihn schwingen.

Noch ware dies Geschlecht der Vögel Abscheu nicht,

Es flog noch andern gleich, und sah das Sonnenlicht;

O Vater, wenn wir dir den edlen Trieb erklären,

Wirst du uns, baten sie, wohl unsern Wunsch gewähren?

Verzeih dem Eigensinn, daß wir den Tag verschmähn;

Was jeder Vogel sieht, das ist für uns nicht schön;

Ein andrer Gegenstand, der uns Vergnügen brächte,

Ist heil'ge Dunkelheit geheimnißvoller Nächte.

Wo nie ein blödes Aug' gemeiner Vögel sieht,

Und wo ihr blöder Witz sich nie zu sehn bemüht,

O möchten wir dahin nach neuen Wunderdingen,

Die selbst kein Adler weiß, mit kühnen Blicken dringen!

So billig ist kein Wunsch, den ich versagen darf,

Sprach Zevs: in Finsterniß sey euer Auge scharf,

Ihr sollt bey trüber Nacht die Wespen richtig finden,

Doch, wo die Sonne scheint, da werdet ihr erblinden.

Der Grillenfänger Heer, von eigner Weisheit voll,

Lernt, was sonst Niemand lernt, und Niemand lernen soll;

Wo man nur menschlich denkt, da mag es nichts verstehen,

Und denkt sich adäquat, abstrakte Grundideen.

Erinnerung wegen vorstehender Fabeln

Es ist mir recht sehr leid, daß ich diesen Fabeln kein so gelehrtes Verzeichniß der Schriftsteller, aus denen sie genommen sind, beyfügen kann. *Aesop, Phäder, Phädrus, Perrottus,* oder wie der ehrliche Mann eigentlich heißt, *Burcard Waldis* und dergleichen ansehnliche Namen würden ihnen allerdings eine große Zierrath geben. Ich traue mir in der Kunst zu erzählen keine so große Geschicklichkeit zu, daß ich Etwas, das Andere schon gesagt haben, von neuem einzukleiden wagte, und bey gegenwärtigen Fabeln bin ich sicher, mit keinem Vorgänger in eine Vergleichung, die mir nachtheilig seyn könnte, gebracht zu werden.

Erzählungen

1. Der Blinde

Zween Kenner, die ein Werk von *Dürer's* Kunst erhoben,

Hört' einst ein Blinder lachend an;

Wie, sprach er, könnt ihr was so ungemäßigt loben,

Wo ich nichts Sanftes fühlen kann?

Erklärt mir das Gewäsch von Zeichnung, Farbe, Schatten:

Wo nicht, so gebt mir zu, daß es nur Grillen sind.

Die Antwort, als sie ihn genug gehöret hatten,

War in drey Worten: Du bist blind.

Das Glück, die Wahrheit zu erfinden,

Das Glück, das Weise nur empfinden,

Hört man die Thoren öfters schmähn;

Wer kann dafür, daß sie nicht sehn?

2. Drey Erzählungen

1. Aus der Hölle

Im Dunkel jener Zeit, von der mit kühnem Dichten

Kein feiler Hozier[1] uns wagt zu unterrichten

Verlor sich Arnulf's Stamm; den wilden Saladin

Sah, an des Jordans Strand, sein tapfrer Ahnherr fliehn,

Und dieser Ahnherr ward beym großen Carl zum Grafen;

Es zitterten vor ihm die Sachsen und die Slaven.

Ein Heil'ger selbst war ihm vom Vater her verwandt,

Doch Arnulf kam nicht hin, wo er den Heil'gen fand;

Er half sein Vaterland bey zwanzig Jahr verderben,

War Liebling seines Herrn und starb - wie Reiche sterben.

Hochselig pries ihn zwar geweyhter Lippen Spruch,

Doch wahrer sprach von ihm gepreßter Laien Fluch;

Wo Bau'r und Excellenz der Thaten Lohn empfinden,

Mußt' er, zum schlechten Trost, noch seinen Kutscher finden;

Der fragt' erstaunensvoll nach Arnulf's Missethat.

Ein Sohn, war Arnulf's Wort, für den ich Alles that;

Ihn, und mein alt Geschlecht durch ihn, erhöht zu wissen,

War mit kein Unrecht groß, und dafür muß ich büßen.

Du aber, guter Hanns, weswegen bist du hier?

»Herr, sprach der Kutscher drauf, der Sohn, der war von mir.«

Die Fabel wird wohl nicht auf unsern Adel passen;

Denn der verdammt sich nicht, um Kinder reich zu lassen.

Fußnoten

1 Ein bekannter französischer Genealogist.

2. Aus unsrer Welt

Der gebannte Kobolt

Eine Geschichte, die sich zwischen 1759 und 1762 mehr als einmal zugetragen hat.

Zu Carpzov's frommer Zeit, die Hexen noch verbrannte,

Eh' sie *Thomasius,* der Atheist, verbannte,

Beherrscht' ein Höllengeist ein groß und prächtig Haus;

Vor seinem Wüthen floh der Eigner gern hinaus,

Zum Exorcisten hin, der soll mit Segensprechen,

Mit Sprengen - was weiß ich's, die Wuth des Feindes brechen.

Doch für das Ungethüm war seine Kunst zu schwach;

Es lacht noch ungestört vom Keller bis in's Dach.

Hier, sprach er, sollst du doch nicht länger bleiben können,

Wärst du Beelzebub! und ließ das Haus verbrennen.

Die Balken glimmten noch, so stand der Kobolt drauf;

Und über Asch' und Schutt eilt des Beschwörers Lauf;

Und sollte das Gespenst aus den Ruinen weichen,

So mußte sich mit ihm der Hausherr noch vergleichen.

So ward in dir, mein armes Vaterland,

Zur Zeit der *Lohmanninn* der böse Feind gebannt.

3. Aus dem Himmel

Rufin, am Himmelsthore

Am Himmelsthor, sollt' auf *Sanct Peter's* Fragen

Rufin Bericht von seinem Glauben sagen;

»Bey Hofe nimmt man gern des Königs Meynung an,

Im Lande glaubt' ich so, wie jeder Unterthan.«

Freund deine Weisheit muß ich loben.

Doch zweyerley zu seyn, gilt nicht bey uns hier oben;

Dir wird als Unterthan der Himmel offen stehn,

In's Fegefeu'r mußt du als Hofmann gehn.

Indem sich nun *Rufin* bedacht,

Hat *Peter* schon die Thüre zugemacht;

Doch war er drum nicht ganz verloren,

Ihm öffnet *Ariost* das Paradies der Thoren.